OBSERVATIONS

SUR LE POÈME

DU BARDE DE LA FORÊT NOIRE.

OBSERVATIONS

EN RÉPONSE

A LA CRITIQUE DU JOURNAL DE L'EMPIRE,

SUR LE POEME

DU BARDE DE LA FORÊT NOIRE,

De M. VINCENT MONTI, Historiographe du Royaume d'Italie, Chevalier de l'ordre de la Couronne de Fer, et Membre de la Légion d'Honneur.

A GÊNES, de l'Imprimerie d'YVES GRAVIER, rue de la Madelaine, N.° 84.

1807.

OBSERVATIONS
SUR LE POÈME
DU BARDE DE LA FORÊT NOIRE.

Si l'on pouvait juger de la bonté d'un ouvrage par la multiplicité des éditions qu'on en a faites en peu de temps, il est hors de doute, qu'à ce titre seul, nous devrions placer ce Poëme parmi les livres que le public a jugé du plus grand mérite ; car, outre les quatre éditions magnifiques que le célèbre *Bodoni* en a donné, dont une in-folio, aux frais du Gouvernement, qui n'a pas été mise en commerce, cet ouvrage a eu une édition à Florence, une à Naples, une à Pise, toutes en différens formats, outre la seconde de *Bettoni*, à Brescia, que nous avons sous les yeux, et qui est de la plus grande beauté.

Mais d'autres titres moins équivoques distinguent cette nouvelle production de M. *Monti*.

C'est la beauté du plan, c'est la sage conduite des détails, c'est le haut ton du langage poétique, la force de l'expression, la richesse des idées, la noblesse des images, la hardiesse et le coloris du pinceau; c'est enfin le goût classique d'antiquité, qui est une si belle décoration des productions de ce fameux Poëte, de ce génie créateur qui, même aux idées les plus communes, sait donner un air de nouveauté. Aussi tout paraît neuf sous la plume de M. *Monti*, parce qu'il a su réunir les grâces à l'énergie, à la précision, et élever les esprits au sien, en aggrandissant la sphère de leur imagination.

La critique de cet excellent ouvrage, qui a paru dans le feuilleton du journal de l'Empire, du 12 Janvier dernier, critique aussi injuste que mal-adroite, n'a donc fait que révolter les gens sensés et équitables. On aurait pu même se dispenser d'y répondre, car l'auteur du feuilleton a montré dans sa critique plus de malignité que de connaissances et de précision; et si on peut le dire sans gazer les mots, une parfaite ignorance de la poésie et de la langue italienne. Mais comme il s'agit d'un ouvrage aussi fameux, et généralement estimé, les plus simples discussions deviennent importantes pour la littérature, du moment que des fausses assertions peuvent induire à erreur les étrangers ou les fanatiques des journaux.

Sans nous arrêter aux différens points de critique que l'auteur du feuilleton a faite, et dont les Italiens seuls peuvent apprécier le mérite, parce que ce sont des beautés de la langue qu'un étranger peu instruit ne saurait goûter, nous nous contenterons de rapporter d'abord les deux passages suivans qu'il a voulu traduire à sa manière.

La bramosa di nuove dilettanze
Alma nel petto mi stancava, e dentro
Si qui dentro sentii, che d' un sol fiore
Ir contenta non può questa divina
Nostra farfalla . . . .
E tutte del suo brando, e del suo senno
L' opre vidi, e conobbi, e nel volume
Tutte le porto della mente impresse.

Le critique, après avoir traduit ces deux passages comme il a pu, fait les réflexions suivantes, lesquelles roulent sur un jeu de mots qui donne une juste idée de son génie facétieux :

« Cette voix qui sort avec le sang, ce papillon » et sa fleur, ce livre de l'esprit, sont, à mon » sens, des bizarreries tout-à-fait condamnables, si on les juge dans le goût de notre » littérature et de notre langue. Les Italiens » peut-être en pensent différemment, et ils » me trouveront fort ridicule de blâmer ce » qu'ils approuvent. (C'est vrai.).... *Non omnes eadem mirantur amantque*, et la » chose ne vaut guère qu'on en dispute; » pourtant les règles du goût dans le *style* ne » sont pas tout-à-fait arbitraires: elles sont » appuyées sur la justesse naturelle des idées » et l'exact rapport des images avec les objets » représentés, et il n'y a point de goût national qui vaille mieux que le goût naturel. »

Si nous avions pu deviner ce que l'auteur du feuilleton a voulu dire en parlant des *règles du goût dans le style* (et en vérité ce qu'il dit ne vaut pas la peine qu'on le devine), nous aurions pu lui répondre avec plus de précision; et quant à ce qu'il dit sur le goût national, nous lui rappellerons en passant ces vers de Voltaire, dans le temple du goût.

La nature féconde, ingénieuse et sage;
Par ses dons partagés ornant cet univers,
Parle à tous les humains, mais sur des tons divers.
Ainsi que son esprit, tout peuple a son langage,
Ses tons, et ses accens, à sa voix ajustés,
Des mains de la nature exactement notés,
L'oreille heureuse et fine en sent la différence;
Sur le ton des Français, il faut chanter en France;
Aux lois de notre goût Lulli sut se ranger;
Il embellit notre art au lieu de le changer.

L'unique passage sur lequel la critique française soit tombée d'accord avec celle de quelques Italiens obscurs qui, semblables à des insectes, ne sont aperçus dans la société, que parce qu'ils piquent, est celui où M. *Monti* nous représente l'ame comme un papillon *farfalla*. Il faut s'arrêter ici un moment pour donner une petite leçon d'écoliers à ces insectes. Qu'ils sachent donc, que le *papillon* a toujours été chez les anciens le symbole de l'*ame*, et principalement parmi les Grecs, qui, par le secours du langage symbolique, rendaient souvent très-sensibles les propriétés particulières d'une idée générale qu'ils personnifiaient. L'histoire de l'Amour et de Psyché fournit des preuves à l'appui de cette assertion. Par exemple:

1.° Psyché et l'Amour qui s'embrassent. Ce

groupe, dont parle *Spon*, est d'un artiste grec, et se trouve à Florence, suivant *Wolkemann*, *de la peint. à Rome*, t. 1, p. 480. C'est une charmante image du besoin que l'ame a d'aimer.

2.° Psyché dans un char, précédée par deux Amours volans. Le char paraît marcher seul, car ces deux Amours n'y sont pas attelés; mais Psyché les retient seulement par le moyen d'un ruban. Ils peuvent donc diriger leur vol à volonté, comme *Montfaucon* le remarque très-judicieusement, et Psyché est forcée de les suivre. Cette représentation n'est-elle pas une image belle et sensible de l'empire qu'en amour les sens prennent sur la raison et sur l'ame? Ne prouve-t-elle pas que le jugement s'envole souvent avec les sens?

3.° Deux Amours qui tiennent un papillon chez *Maffei*. C'est un nouveau symbole de la victoire que les sens remportent sur l'ame.

4.° Sur une pâte antique du cabinet de *Stosch*, la méditation d'un philosophe sur l'immortalité de l'ame, est représentée par un un papillon posé sur une tête de mort. *Descr. des pier. gr. du cab. de Stosch.*

5.° La purification de l'ame par le feu est représentée sur une petite urne sépulchrale de *la Villa-Mattei*, par l'Amour qui tient à la main un flambeau allumé. Un papillon volant dans la bouche d'un masque comique, semble indiquer que celui-ci est vivant ou animé. Ce sujet, représenté sur une pierre gravée, a été publié par *Winkelmann*, dans ses *monumenti inediti.*

On prétend qu'un papillon posé sur une feuille de vigne, au-dessus d'un vase qu'on voit sur une pierre gravée, est le symbole de l'ame d'un buveur. *Bayardi, catalog. écol. p.* 402, *n.* 595.

A tous ces exemples, nous ajouterons qu'on donne à *Platon* des têtes avec des ailes de papillon, parce que c'est le premier philosophe qui a écrit sur l'immortalité de l'ame.

Aussi l'immortel *Pikler*, qui a su si bien imiter les anciens, voulant représenter les souffrances d'une ame tourmentée par l'amour, grava sur un camée un Cupidon qui fait brûler un *papillon*.

Aussi le père des poëtes, dans le chant dixième de son purgatoire, a-t-il dit :

> Non v' accorgete voi che noi siam vermi
> Nati à formar l' angelica farfalla
> Che vola alla giustizia senza schermi ?

Cette *farfalla* est donc notre ame. *Dante* l'appelle angélique; M. *Monti* lui donne le nom de *divina*, qui vaut la même chose; ainsi les idées accessoires qui l'accompagnent, rendent ce mot très-propre et adapté merveilleusement au sujet.

Le journaliste français continue sa critique dans les termes suivans :

« Ce poëte (*M. Monti*) qui sait si bien » que le merveilleux du paganisme ne peut » être admis dans le récit des faits arrivés » sous nos yeux, a eu pourtant recours à des » créations qui, outre le défaut d'être payennes, » et par conséquent déplacées, ont encore celui

» d'être extrêmement froides. Je veux parler
» de ce merveilleux qui personnifie les passions
» et les met en scène; merveilleux métaphy-
» sique et sec, employé déjà sans succès dans
» quelques épopées modernes. »

M. *Monti* avait déjà dit d'abord dans son épître à l'Empereur, qu'il n'entendait pas de suivre rigoureusement l'épopée.

La poesia bardita riunendo, e temperando l' uno coll' altro il doppio carattere dell' epica, e della lirica, mi è sembrata se non la sola almeno la più acconcia ad ordire una qualche tela dei portenti per voi operati.

Ainsi, M. *Monti*, en suivant l'exemple de *Dante*, et en imitant le génie de ce grand poëte, s'est ouvert une nouvelle carrière, après avoir trouvé une source inépuisable de merveilleux dans l'histoire toute récente de son héros encore vivant. Il est donc faux que notre auteur ait prétendu faire un poëme épique, puisqu'après avoir dit dans son épître qu'il avait imaginé de réunir, *il carattere dell' epica e della lirica*, il ajoute avec la bonne foi qui le caractérise, et dont ses critiques n'ont pas su faire usage, *verrà tempo in cui una nuova mitologia divinizzando le sue imprese, come già quelle di Ercole, di Bacco, e di Teseo porgerà alle postere fantasie abbondante materïa di pura ed alta epopea, la quale non potendo sussistere senza la poetica meraviglia* (c'est-à-dire sans la fable) *ha bisogno, che la meraviglia storica non opprima troppo, siccome ora fa la poetica.*

Toute la question est donc réduite à deux points ; savoir, 1.° si dans les entreprises de son héros, contemporaines à M. *Monti*, il y a assez de merveilleux ; 2.° si le poëte en a tiré un bon parti, quoique privé de l'aide de la mythologie, qui n'est plus en usage dans nos mœurs.

L'univers étonné a déjà décidé la première question. Le public a décidé la seconde, en mettant le poëme du Barde au rang des ouvrages qui honorent l'Italie, et dont les plus célèbres littérateurs italiens et étrangers se sont empressés d'en témoigner leur satisfaction à l'auteur.

Il a été permis dans tous les temps d'écrire en poésie sur des faits contemporains, soit avec des épisodes, comme la mort de César dans les Géorgiques de *Virgile*, soit avec des poëmes lyriques, comme l'invasion des Gaulois en Orient, dans l'hymne à Delos, de *Callimaque ;* la bataille d'Actium, d'*Horace* et de *Properce ;* et enfin la découverte du Nouveau-Monde, de *Camoens*. Tous les poëmes d'Isaïe et des prophêtes d'Israël sont précisément épico-lyriques. L'Illiade et l'Odyssée ont dû être copiés, soit des poésies écrites, soit des poésies chantées par tradition, mais toujours sur des faits contemporains, lorsque les poëtes étaient à la fois théologiens, jurisconsultes et historiens des peuples.

La poésie a précédé sans doute la découverte de l'écriture; elle fut originairement inventée pour graver dans la mémoire tout ce que les hommes voulaient retenir et transmettre à leur postérité la religion, les hymnes aux dieux, les lois et les actions des grands hommes. Comme on n'avait point encore de caractères pour écrire la pensée, on la gravait pour ainsi dire dans le cerveau par les sens.

La poésie parlait aux yeux par les images, à l'oreille par l'harmonie et la mesure, et les sens ainsi frappés, conservaient de race en race le dépôt qu'on voulait leur confier. C'est ainsi que les premiers Hébreux éternisaient tous les grands événemens par des cantiques ; que les Druides enseignaient les nouvelles races des Gaulois, et les Bardes celles des Germains. C'est ainsi que les campagnards d'Ecosse, depuis le troisième et quatrième siècle, ont transmis jusqu'à nous les exploits de leurs pères dans les poésies Herses.

D'après tous ces exemples, pourquoi ne serait-il pas permis à M. *Monti* de transmettre à la postérité les entreprises surprenantes d'un héros qui de nos jours a rempli l'univers d'admiration, dans un poëme qui réunit l'épopée au lyrique, et qui, par la régularité de son plan, les merveilles opérées par son héros, la sublimité de la langue, et l'harmonie des vers qu'il a employé, charme le lecteur, et le remplit d'admiration en l'instruisant des faits qui feront la surprise de la postérité?

On peut répéter au critique français ce que

M. *Addisson* disait sur le poëme de *Milton*. « Si vous vous faites scrupule de donner le titre de poëme épique au *Paradis perdu*, appelez-le si vous voulez un poëme divin ; donnez-lui tel nom qu'il vous plaira, pourvu que vous confessiez que c'est un ouvrage aussi admirable en son genre que l'Iliade. » Mais le point de la question et de la difficulté, est de savoir sur quoi les nations policées se réunissent, et sur quoi elles diffèrent. Un poëme épique doit par-tout être fondé sur le jugement, et embelli de l'imagination. Ce qui appartient au bon sens, appartient également à toutes les nations. Toutes nous diront qu'une action, *une et simple*, qui se développe aisément et par degrés, et qui ne coûte point une attention fatigante, leur plaira davantage qu'un amas confus d'aventures monstrueuses. On souhaite généralement que cette unité si sage soit ornée d'une variété d'épisodes qui soient comme les membres d'un corps robuste et proportionné. Plus l'action sera *grande*, plus elle plaira à tous les hommes, dont la faiblesse est d'être séduits par tout ce qui est au-delà de la vie commune. Il faudra sur-tout que cette action soit intéressante, car tous les cœurs veulent être remués ; et un poëme parfait d'ailleurs selon toutes les règles de l'art, serait insipide en tout sens et en tout pays. *Homère*, *Virgile*, *le Tasse*, *l'Arioste* et *Camoens* n'ont pas suivi des règles ; ils n'ont guère obéi à d'autres leçons qu'à celles de leur génie. On a toujours préféré une poésie agréable, quelque liberté qu'elle prenne à celle qui, pour observer trop scrupuleusement les règles de l'art, dégoûte l'esprit plutôt qu'elle ne le contente. Il en est de même que d'un repas, où le goût des convives est plus prépondérant que tout ce que le cuisinier peut dire en faveur de ses sauces et de ses ragoûts.

. . . . . Cænæ fercula nostræ
Mallem convivis quam placuisse Cocis.

Voilà les seules règles que la nature dicte à toutes les nations qui cultivent les lettres ; mais la machine du merveilleux, l'intervention d'un pouvoir céleste, la nature des épisodes, tout ce qui dépend de la tyrannie de la coutume et de cet instinct qu'on nomme goût, voilà sur quoi il y a mille opinions et point de règles générales.

Eh bien, M. *Monti* a inventé un nouveau genre de poëme, et l'on sait que par-tout ce sont les premiers inventeurs qui ont le droit d'établir les priviléges, et de se former une domination distincte et séparée. L'imagination des hommes, frappée de la nouveauté de leurs talens, leur permet tout ce qu'ils osent. Ils sont absous de leur audace par leur succès. Le savant auteur d'Anacharsis a dit à ce sujet, ch. XLIX : « Dans les partages qui se sont faits entre » la poésie et la prose, la première est con- » venue de ne se montrer qu'avec une parure » très-riche, ou au moins très-élégante, et » l'on a remis entre ses mains toutes les cou- » leurs de la nature, avec l'obligation d'en » user sans cesse, et l'espérance du pardon, » si elle en abuse quelquefois. » Ainsi la hardiesse de M. *Monti*, si elle en est une, consacrée par le succès complet que son poëme du Barde a eu en Italie, deviendra par la suite un usage, et fondera, pour ainsi dire en Italie, les priviléges d'un nouveau genre de poëmes.

La poésie habite tous les mondes ; elle a le droit d'en former des nouveaux. Sa création donne la vie, un caractère et des formes éternelles à ce qui n'a jamais été ; tout ce que l'intelligence peut atteindre, est son empire : elle voyage dans les enfers et dans les cieux ; elle se promène sur la terre avec des sens nouveaux qui lui découvrent ce que le nature physique a de plus fort et de plus doux ; et dans les tableaux qu'elle en compose, ajoute encore à la beauté réelle, la perfection de la beauté idéale, qui semble reculer les limites de la nature même. Ainsi le *Dante* transportant ses concitoyens et ses lecteurs dans un monde invisible, et peignant les vices et les vertus de son siècle dans les régions de la mort, au milieu des supplices ou des récompenses d'une autre vie, où tout ce qui est crime ou vertu prend, sous les yeux de la divinité, un caractère immuable et éternel, le *Dante*, dans son *Enfer*, son *Purgatoire* et son *Paradis*, parcourut tout le merveilleux de la religion ; *Marini*, dans son poëme d'*Adonis*, tout le merveilleux de la religion ancienne ; *Boïardo* et l'*Arioste*, le merveilleux de la féerie, des enchantemens et de la chevalerie, au temps des romans et des fables ; *le Tasse*, le merveilleux des mœurs chevaleresques, aggrandis par l'héroïsme religieux, et

associés

associés à une époque brillante de l'histoire ; enfin *Monti*, quoiqu'il ait écrit dans un genre tout différent des autres, a été aussi le peintre du merveilleux ; mais il a peint le merveilleux de l'héroïsme et de la gloire, de cette passion noble qui, portée par l'amour de la patrie jusqu'à l'enthousiasme, a conduit le génie de Bonaparte, par une espèce d'enchantement et une féerie continuelle, à sauver la France ; de ce héros magnanime, dont la grandeur d'ame et les talens sublimes qui ont caractérisé toutes ses actions, ont imprimé à la nation une dignité qui la rend respectable dans l'univers, et a fixé la destinée des empires ; de cet homme extraordinaire enfin, qui, par la force seule de son génie restaurateur et créateur, a su tellement se distinguer du vulgaire, qu'il semble appartenir à une autre espèce plus qu'humaine.

Ignore-t-il, le critique français, que les plus grands poëtes de tous les temps et de toutes les nations, ont toujours introduit dans leurs ouvrages des personnages allégoriques ? Il paraît qu'ouï ; car il trouve, sans s'en douter, que c'est un défaut. Est-il nouveau que le poëte transforme en personnages qu'il fait agir, des noms ou des idées que ces noms désignent ? Non, sans doute. On a de tout temps personnifié la vertu, l'amour, la haine, la discorde, la sagesse : on l'a fait de différentes manières, ou seulement en passant, lorsqu'avec quelques mots on a attribué avec des abstractions ce qui ne convient qu'à des êtres réellement existans; aussi un prophête a dit : *devant lui marche la peste ;* ou immédiatement, lorsqu'on donne à l'idée abstraite un corps sur lequel ce poëte attache nos yeux, comme dans cet exemple d'*Horace*, *liv.* 1, *ode* 35.

Te semper anteit sæva necessitas
Clavos Trabales et cuneos manu
Gestans ahena; nec severus
Uncus abest, liquidumque plumbum.

Dans d'autres poëtes latins, postérieurs à *Virgile*, se trouvent également beaucoup d'images de ce genre : telle est la description de la colère faite par *Prudence*.

Stat procul via tumens, spumanti fervida rictu
Sanguinea intorques suffusa lumina felle.

On attribue aussi à ces images des actions

suivies ; on les introduit dans l'épopée, quelquefois même dans le drame, avec des personnages réels. La Discorde, la Renommée, l'Amour, et d'autres êtres allégoriques, entrent comme acteurs dans les ouvrages des poëtes. Ainsi, tous ont employé ces êtres, ou comme l'allégorie, pour rendre sensibles les idées abstraites, ou pour donner plus de merveilleux aux événemens, ou simplement comme des machines pour former le nœud de l'action, et amener le dénouement; mais soit dans l'une ou dans l'autre, il faut réunir cette imagination poétique, cet esprit créateur, avec lesquels *Homère* et *Virgile*, *Camoëns* et *Boileau*, *Voltaire* et *Monti*, ont peint aux yeux ces images, et ont su les placer pour donner plus de vie aux idées, les rendre plus agréables, plus intéressantes, et élever le langage du poëte au ton de l'enthousiasme. Ecoutons le législateur de la littérature et de la poésie française; certes, ce sera une réplique la plus péremptoire et la plus irréfragable contre le critique français. Voici comme *Boileau* s'explique, en donnant des règles sur l'épopée, *art poét. chant III.*

D'un air plus grand encor, la poésie épique,
Dans le vaste récit d'une longue action,
Se soutient par la fable, et vit de fiction.
Là, pour nous enchanter, tout est mis en usage;
Chaque vertu devient une divinité :
Minerve est la prudence, et Vénus la beauté.
Ce n'est plus la vapeur qui produit le tonnerre,
C'est Jupiter armé pour effrayer la terre;
Un orage terrible aux yeux des matelots,
C'est Neptune en courroux qui gourmande les flots;
Echo n'est plus un son qui dans l'air retentisse,
C'est une Nymphe en pleurs qui se plaint de Narcisse.
Ainsi, dans cet amas de nobles fictions,
Le poëte s'égaie en mille inventions,
Orne, élève, embellit, aggrandit toutes choses,
Et trouve sous sa main des fleurs toujours écloses. . . .
. . . .
Voulez-vous long-temps plaire, et jamais ne lasser ?
Faites choix d'un héros propre à m'intéresser;
En valeur, éclatant; en vertu, magnifique :
Qu'en lui, jusqu'aux défauts, tout se montre héroïque;
Que ses faits surprenans soient dignes d'être ouïs, etc. etc.

Après avoir assez discuté sur ce sujet, nous nous contenterons de rapporter quelques exemples pour convaincre des critiques qui n'ont pas beaucoup lu, ou qui connaissent fort peu les ouvrages classiques.

Homère, voulant fléchir la colère d'Achille dans l'Illiade, a personnifié les prières en ces termes :

« Elles sont filles du maître des Dieux ; elles marchent tristement, le front couvert de confusion, les yeux trempés de larmes, et ne pouvant se tenir sur leurs pieds chancelans ; elles suivent de loin l'injure altière qui court sur la terre d'un pied léger, levant sa tête audacieuse. »

Virgile a personnifié les passions, lorsqu'il a voulu, *livre VI de l'Enéïde*, décrire l'horreur de l'entrée de l'Averne :

Vestibulum ante ipsum primisque in faucibus orci
Luctus et ultrices posuere cubilia curæ.
Pallentesque habitant morbi, tristisque Senectus
Et metus et malesuada fames, et turpis egestas
Terribilis visu formæ : lethumque, laborque :
Tum consanguineus lethi sopor, et mala mentis
Gaudia mortiferumque adverso in limine bellum
Ferreique eumenidum Thalami, et discordia demens
Vipereum crinem vittis innexa cruentis, etc.

Camoëns, dans la Lusiade, lorsque la flotte est prête à doubler le cap de Bonne-Espérance, fait paraître tout-à-coup un formidable objet : c'est un fantôme qui s'élève du fond de la mer ; sa tête touche aux nues ; les tempêtes, les vents, les tonnerres sont autour de lui ; ses bras s'étendent au loin sur la surface des eaux. Ce monstre ou ce dieu, est le gardien de cet Océan, dont aucun vaisseau n'avait encore fendu les flots; il menace la flotte; il se plaint de l'audace des Portugais qui viennent lui disputer l'empire de ces mers; il leur annonce toutes les calamités qu'ils doivent essuyer dans leur entreprise.

Boileau, en suivant ces beaux modèles, fait également usage de l'allégorie dans le chant second de son Lutrin.

La Discorde en sourit, et les suivant des yeux,
De joie, en les voyant, pousse un cri dans les cieux.
L'air qui gémit du cri de l'horrible déesse,
Va jusque dans Cîteaux réveiller la mollesse.
C'est-là que d'un dortoir elle fait son séjour;
Les plaisirs nonchalans folâtrent à l'entour;
L'un pêtrit dans un coin l'embonpoint des chanoines;
L'autre broie en riant le vermillon des moines.
La volupté la sert avec des yeux dévots,
Et toujours le sommeil lui verse des pavots.

Nous ajouterons encore un passage qui est admiré comme la plus belle image de la langue française.

. . . . La mollesse oppressée,
Dans sa bouche, à ces mots, sent sa langue glacée;
Et lasse de parler, succombant sous l'effort,
Soupire, étend les bras, ferme l'œil, et s'endort.

Le chant sixième commence aussi par l'allégorie suivante :

Tandis que tout conspire à la guerre sacrée,
La piété sincère, aux Alpes retirée,
Du fond de son désert entend les tristes cris
De ses sujets cachés dans les murs de Paris.
Elle quitte à l'instant sa retraite divine.
La foi, d'un pas certain, devant elle chemine;
L'Espérance, au front gai, l'appuie et la conduit;
Et, la bourse à la main, la Charité la suit.
Vers Paris elle vole, et, d'une audace sainte,
Vient aux pieds de Thémis proférer cette plainte.

Voltaire n'a-t-il pas personnifié la Discorde, la Politique, le Fanatisme et l'Amour, en plusieurs endroits de sa Henriade ?

Chant quatrième :

Mayenne en frémissant voit leur troupe éperdue;
Cent desseins partageaient son ame irrésolue,
Quand soudain la Discorde aborde ce héros,
Fait siffler ses serpens, et lui parle en ces mots, etc.
La Discorde aussitôt, plus prompte qu'un éclair,
Fend d'un vol assuré les campagnes de l'air, etc.
Sous le puissant abri de son bras despotique,
Au fond du Vatican régnait la Politique,
Fille de l'intérêt et de l'ambition,
Dont naquirent la fraude et la séduction.
Ce monstre ingénieux, en détours si fertile,
Accablé de soucis, paraît simple et tranquille;
Ses yeux creux et perçans, ennemis du repos,
Jamais du doux sommeil n'ont senti les pavots, etc.

A peine la Discorde avait frappé ses yeux,
Elle court dans ses bras d'un air mystérieux;
Avec un ris malin la flatte, la caresse :
Puis prenant tout-à-coup un ton plein de tristesse,
Je ne suis plus, dit-elle, etc.

Chant cinquième :

La Discorde attentive en traversant les airs,
Entend ces cris affreux, et les porte aux enfers.
Elle amène à l'instant de ses royaumes sombres,
Le plus cruel tyran de l'empire des ombres.
Il vient; le Fanatisme est son horrible nom,
Enfant dénaturé de la religion, etc.

Chant neuvième :

L'Amour, qui cependant s'apprête à la surprendre,
Sous un nom supposé vient près d'elle se rendre;
Il paraît sans flambeaux, sans flèches, sans carquois;
Il prend d'un simple enfant, la figure et la voix, etc.

D'après ces exemples que nous avons tiré des poëmes les plus estimés chez toutes les nations, comment a-t-il osé, le critique français, prononcer que ce *merveilleux qui personnifie les passions et les met en scène*, ce *merveilleux métaphysique et sec, a été déjà employé sans succès dans quelques épopées modernes? Que ces créations allégoriques, outre le défaut d'être payennes, et par consé-*

quent déplacées, ont encore celui d'être extrêmement froides ?

Y a-t-il une allégorie plus belle, peut-on voir un tableau plus magnifique, que celui où M. *Monti* a peint la crainte des Anglais et les passions dont M. Pitt était animé contre la France depuis le commencement de la révolution, jusqu'au moment de sa mort? Rapportons ici les différens morceaux du Barde, qui forment la progression du tableau poétique pour confondre notre critique.

Chant troisième :

Poi quando sulle dure opre mortali
Stende il velo la notte alto s' estolle
Su le nubi la furia, e con lugubre
Lungo ululato orrendamente grida
BONAPARTE : si svegliano al tremendo
Nome. . . . .
Svegliasi anch' esso di Windsor sul' Ebre
Piume il deliro coronato, e corre
Con la mano à cercar sull' irta chioma
In gran sospetto il regal serto, e pargli
Pargli il trono veder che crolla, e fugge.
Ma imperturbato il regnator ministro,
Che sonno non permette alla pupilla
Nè si scuote à quel grido, nè sembiante
Fa di temerlo. Allor furtiva, e queta
A lui viene la diva, e nelle chiuse

Arcane stanze gli ritrova al fianco
Orrenda compagnia; vi trova il vile
Tradimento, che strigne nella dritta
Pugnale acuto, e stende l' altra al prezzo
Delle scoppiate indarno in su la senna
Polveri inferne; e più felici colpe
Feroce, e bieco vantator promette.
La sannuta vi trova e ardimentosa,
D' ogni onorato, e degli eroi flagello
Svergognata calunnia con le piene
Man di libelli, in cui la ria distilla
I pagati veleni. Evvi l' avara
Che d' oberato senator gli vende
Il suffragio, e la voce. Evvi abbracciato
Con la perfidia il rompitor de' patti
Falso interesse, che del patrio amore
Ha la larva sul ceffo. Evvi di tutte
La più nera, colei che al conio suda
De' falsati metalli, e di mentito
Stigma imprime le carte, à cui di tutti
La sostanza è creduta. Han le medesime
Figlie d' averno orror di questa iniqua.
Evvi ancor l' esquisito empio diletto
Delle lagrime altrui; evvi l' orgoglio
Dei sublimi delitti; evvi la rabbia
Delle vane congiure, e degli errati
Calcoli, ed altre d' esecrato aspetto
Tartaree forme; e tutte intorno al capo
Dell' arbitro Britanno un mormorìo
Fan confuso, e feral . . . . . .
Tale, e più rauco e' il sussurar là dentro
Delle spietate in quella vasta, e scura
Di misfatti officina; e or l' una, or l'altra
Va consultando, e carezzando il macro
Degli Angli correttor, mentre alle porte
Che crudeltà tien chiuse, inesaudito
Batte il pianto d' Europa. In mezzo à tanta
Tenebrosa congrega, la paura

Comparisce improvvisa, e le raccolte
Negre sorelle di spavento agghiaccia:
Gli occhj immobile affigge sullo smorto
Anglo. . . . .
. . . . e vede,
Da quei gridi invocata e taciturna
D' ogni possanza e d' ogni rio, la morte;
E la vede egli sì, che già ne sente
Ne' polsi il gelo; e nel morir più eccelso
Mira inalzarsi, ahi vista! e più temuto
Del guerreggiato suo nemico il trono;
E al pie' di lui preganti con le rotte
Corone in mano i Re venduti e vinti.
Al crudele spettaccolo d' un freddo
Sudor si bagna il disperato; un guardo
Gitta smarrito alle bilancie infami
Compratrici de' regi, ed ahi! le mira
Traboccanti di sangue, e le man sangue
Grondano, e al pie' gli sgorga, e bolle un fiume
Di sangue che ognor cresce, e al fin l' affoga.

Le critique français remarque aussi *qu'un grand nombre de passages sont habilement empruntés aux anciens..... qu'ailleurs, le Barde emprunte encore à Virgile* et à *Lucain*, etc.

Lorsqu'on choisit des passages isolés d'un poëme pour les comparer avec ceux d'un autre sur le même sujet, il faut s'assurer avant tout, s'ils ont joui tous deux d'une pleine liberté dans la composition des passages que l'on compare ; si, dégagés de toute contrainte étrangère à leur sujet, ils ont pu n'avoir en vue que son but suprême. L'imitateur cherche pour l'ordinaire à se cacher, en éclairant son tableau d'une manière différente, en mettant dans l'ombre ce qui était au jour dans l'original, et au jour ce qui était dans l'ombre. Il doit souvent arriver, en outre, que les poëtes de différens siècles et de différentes nations considèrent du même point de vue les objets qui leur sont communs, il est impossible que leurs imitations ne s'accordent pas aussi en différens points, sans qu'il y ait eu pour cela, de part ni d'autre, la moindre idée d'imitation ou de lutte de talens. Il est sûr aussi que ces concordances, pour ainsi dire, entre les poëtes de différens siècles, pourraient servir à faciliter l'intelligence de certaines choses qui n'existent que dans les ouvrages des anciens ; mais vouloir fortifier des explications de ce genre, en attribuant à une intention marquée ce que le hasard a produit, et sur-tout en prétendant, à propos du moindre détail, que le poëte moderne a eu sous les yeux le passage de l'ancien, c'est rendre un service fort équivoque à ce poëte, et même encore pour ses lecteurs, pour qui le plus beau passage ainsi remarqué d'imitation, deviendra parfaitement froid. Que M. *Monti* ait emprunté quelques idées de *Virgile* ou de *Lucain*, nous lui trouverons assez de mérite pour l'à-propos, quoiqu'il perde celui de l'invention. Tout lecteur impartial sentira la force de mon raisonnement.

Le critique français termine sa tâche par le passage suivant :

« M. *Monti* a écrit ses quatre premiers chants
» en vers blancs, que les Italiens appellent
» *sciolti*, et il y a mêlé quelques morceaux
» lyriques. Le cinquième et le sixième sont
» en octaves rimées ; cette variété de mètres
» dans un poëme épique, est une singularité
» dont je ne crois pas qu'il y ait d'exemple.
» Serait-ce par hasard un des privilèges de
» l'épopée Barde? Cette question intéresse par-
» ticulièrement la littérature italienne ; c'est
» aux critiques italiens à prononcer. »

Eh bien ! M. le rédacteur du feuilleton, les critiques italiens, les professeurs les plus distingués de l'Italie, avaient déjà satisfaits vos désirs ; ils ont prononcé du moment que le Barde a paru : écoutez-les sans murmure.

Voici ce que le célèbre *Cesarotti* a écrit à l'auteur du Barde, en date du 28 juillet 1806.

« Hò letto per intiero il vostro poema,
» che m' abbagliò e mi sorprese con un cu-
» molo di bellezze d' ogni specie. Voi avete
» trovato il modo di riunire, ed accopiare
» insieme in un felice contrasto con novità,
» e naturalezza il bello de generi i più dispa-
» rati. L' introduzione del Bardo è un colpo
» di genio. Essa vi autorizza à variare ed in-
» terrompere la monotonia descrittiva delle
» battaglie con una serie di canzoni spiranti
» il fuoco e l' entusiasmo della passione. Le
» due ch' egli canta in tuono profetico possono
» far invidia à Ezechiele, non che ai Bardi
» caledoni. La sublimità della poesia va del
» pari coll' altezza delle verità morali, e po-
» litiche. Ogni canto ha le sue bellezze par-
» ticolari, e caratteristiche oltre quelle della
» locuzione, e dello stile che sfavillano d' un
» lume vivissimo in chiascheduno. Ma il

» terzo canto è il mio favorito, e deve esserlo
» d' Appollo stesso. Pitt nel suo gabinetto è
» un quadro dei più insigni, che esistano
» nelle gallerie della poesia, e l' epopea, e la
» tragedia riunite non potrebbero ne' imma-
» ginare ne' presentare uno spettacolo più
» altamente, e profondamente terribile di
» quello della visione, e della morte di quel
» ministro. Non tocco gli altri canti perchè il
» dettaglio di tante bellezze dimanderebbe una
» dissertazione non una lettera..... Vi voleva
» una singolarità d' invenzione per un soggetto
» così singolare, anzi uncio.. Voi avete acco-
» piato le bellezze energiche della natura sel-
» vaggia alle finezze della colta, e la gran-
» dezza dell' epopea all' entusiasmo della lirica.
» Il mirabile che ne risulta è superiore à quello
» della mitologia. »

Le fameux *Bettinelli* écrit à M. *Monti*, en date du 10 août même année, en ces termes :

« Come fate, mio caro ad unire con tanti
» talenti tanta bontà ? . . . .
» Io leggo, e rileggo incominciando sempre
» dalla dedica ch' è un vero giojello. Come

» dirvene tutte le bellezze, se tutto è classico
» siccome il siete voi creatore di tal idea, e
» poeta del secolo, e dell' Italia? . . . .
» In somma il vostro Bardo farà epoca alla
» poesia italiana, come il vostro eroe alla
» storia. . . . . Grido sempre posteri, posteri
» con Orazio; se mai i presenti per grave loro
» peccato non guingessero à conoscere, ed
» esaltare tanti pregi di poesia tutta divina.....

Le chevalier *Hippolyte Pindemonti*, l'un des poëtes des plus renommés de l'Italie, dans une lettre écrite à M. *Foscolo*, autre savant distingué, s'explique sur le Barde, dans les termes suivans :

« Io l' ho già scorso, ma in fretta, in un
» esemplare che altri mi lasciò per pochissimo
» tempo. Le bellezze d' ogni maniera, che mi
» sfavillarono innanzi agli occhj furono però
» tante, ch' io ne' rimasi stordito. Dopo aver
» ringraziato à mio nome, come vi prego
» l' autore pel dono ch' io aspetto, ditegli
» che da lungo tempo io sono avvezzo à pre-
» giarlo assai, e che perciò questa e cosa ch' io
» deggio fare avendo caminciato à farla nel

» 1779,

» 1779, quando il vidi, e l' udj la prima volta
» nell' academia di Roma. »

Le même *Pindemonti*, dans une autre lettre au chevalier *Rosmini*, s'exprime en cette manière :

« Ho letto il Bardo, ma in fretta, perchè
» l' ebbi per poco tempo, come scrissi à Foscolo.
» Bellezze grandissime, e d' ogni genere, poema
» nuovo, ed originale. Ecco quello che dissi
» dopo quella lettura. Sono impaziente di ri-
» leggerlo con più comodo : quì ne vanno
» attorno due sole copie, e l' uno il toglie
» dalle mani dell' altro. Laonde se troppo tar-
» dasse a presentarvisi occasione sicura, man-
» datemele per la posta. »

Voici encore en quels termes le savant *Foscolo* rend compte du Barde dans ses *osservazioni sul poema*, imprimées à la suite du Barde, de la seconde édition de *Bettoni*.

» Parlerò ora dello stile. Questo poeta è
» celebrato nel nostro secolo per l' abbondanza
» dei modi, la purità della dizione, la novità
» de traslati, la proprietà delle parole, la pre-
» cisione dell' idea, l' armonia del verso, e

» colorito delle imagini, la vita ne' sentimenti,
» per quell' aura celeste in somma di cui è
» capace la poesia, e la lingua italiana. . .
. . . .

» Parve all' autore di scrivere in ottava tutta
» la narrazione di Terigi; però il quinto, ed
» il sesto canto sono in questo metro; quelle
» segnatamente che descrivono la spedizione
» in Egitto, ed i provvedimenti di Bonaparte
» ci sembrano maravigliose. . . . . . .
. . . .

» Vi troviamo il nerbo del poliziano, l' abbon-
» danza dell' Ariosto, la passion del Tasso,
» ed una precisione di frase tutta propria al
» genio del Monti. L' allusione del sole alla
» monarchia sarà un giorno citata fra li squarci
» classici della nostra poesia. . . . . .
. . . .

» Con tutto ciò, osiamo dire, che ci sarebbe
» piacciuto tutto il poema in versi sciolti. Chi
» non sa quanti poemi in ottava rima vanta
» l' Italia? La Musogonia stessa del Monti,
» sebbene abbia parti meno rilevate di questi
» due canti, è per altro nel suo tutto, in ciò
» che riguarda la verseggiatura, più originale,
» più semplice, e spira greca fragranza. »

Les savans allemands ont goûté plus que le critique français le mérite du Barde. Le journal littéraire, en annonçant ce poëme, s'exprime ainsi :

« M. *Monti* est le plus grand poëte vivant
» de l'Italie. A l'imagination robuste du *Dante*,
» il a réuni les beautés du style et l'harmonie
» des vers de l'*Arioste*. Il était juste que le
» plus grand poëte chanta le plus grand héros
» du siècle. »

Le baron d'*Humbolde*, Prussien, savant distingué, écrit à M. *Monti* en ces termes :

« Ella ha potuto con questo mezzo, quello
» cioè d' unir l' epico al lirico, variare più libe-
» ramente di tuono, mischiar il forte col
» dolce. . . . .
. . . .
» Hò ammirato con qual maestria ella ha
» vinto le molte e somme difficoltà, che il
» suo soggetto mezzo politico le presentava,
» ed il numero infinito delle belle immagini,
» dei sublimi pensieri, delle espressioni vera-
» mente felici mi fece sulla ripetuta lettura

» del suo Bardo un piacere, che cercheri in-
» vano di descriverle. »

D'après ces sentimens non équivoques du mérite éclatant de ce poëme, on peut dire que l'*Aristodème*, la *Basvilliana*, les chants sur la mort de *Mascheroni*, tous ces poëmes brillans d'invention, d'élégance et d'harmonie, n'étaient que les essais du génie de l'auteur; il n'avait que préludé dans ces immortelles conceptions au poëme sublime qu'il préparait à notre admiration. On peut ajouter que le Barde est le complément de la gloire de M. *Monti* : son nom est lié désormais d'une manière invincible à l'histoire de l'Empire français; et tout ce qui formera la gloire de Napoléon-le-Grand, pour les siècles à venir, le rappelleront également au souvenir des peuples. Ce poëme enfin a mis le sceau à sa réputation, fera taire la critique, et lui assignera le premier rang parmi les poëtes italiens : aussi il pourrait répéter sans orgueil ce passage de l'épître XIX du premier d'*Horace*.

Libera per vaccuum posui vestigia princeps,
Non aliena meo pressi pede. . . . .
Adeo ne me foliis ideo brevioribus ornes, etc.

LETTRE

DE M. LESCALLIER,

PRÉFET MARITIME,

Et l'un des Commandans de la Légion d'honneur,

A M. AZUNI, Président de la Cour d'appel.

Je l'honneur, Monsieur, de vous renvoyer, avec beaucoup de remercîmens, le Barde de la Forêt noire, *qui m'a procuré un très-grand plaisir. Aimant les beaux arts, et particulièrement la poésie italienne, plutôt par sentiment qu'avec méthode, j'ai pour opinion, que ce qui plaît est aimable. Il me semble que M.* Monti *est digne d'entrer en lice avec les poëtes les plus distingués, et d'y présenter sur-tout cet ouvrage-ci.*

Mais il est critiqué, et il le sera; et les critiques (en disant des choses vraies en principe peut-être) auront tort; premièrement, parce qu'ils voudront juger l'ouvrage de M. Monti, *fait rapidement, du premier jet peut-être, et dans un temps très-court, avec la même sévérité dont ils jugeraient un poëme épique, ouvrage le plus souvent de la vie entière de son auteur: secondement, parce que ce poëme-ci ne doit pas être regardé comme un poëme épique, et parce qu'il ne peut l'être.*

Un poëme épique renferme un sujet tout entier, éloigné de nous, de temps, d'espace et d'intérêt; il y faut une exposition du sujet, un plan, une intrigue, des incidens et un dénouement ou une conclusion; et (ce qu'il y a de bien singulier), quoique le sujet soit une condition essentielle du poëme épique, remarquez que c'est ce qui nous intéresse le moins. Nous y voulons des images, des descriptions, des tableaux et des vers sonores, et le feu poétique et l'essor du génie. Pourvu que les images et les incidens soient bien amenés, nous nous embarrassons peu des personnages.

Examinez ce que nous admirons dans Homère. *Sans la beauté de ses tableaux, de ses images, qui nous présentent tour-à-tour la nature entière, que nous importent les acteurs de cette scène variée, les uns fabuleux, et les autres défigurés par le laps des siècles. Vous en pourrez dire à peu près autant de l'Enéïde, vous y admirez la beauté de l'exécution, le style et le feu poétique, et vous feriez en réalité peu de cas du pieux Enée, de l'infortunée Didon et des querelles des dieux, si les incidens qui naissent entre eux ne vous étaient présentés avec le génie et les détails poétiques.*

Vous jugerez d'après ces mêmes idées, le divin Arioste, le Tasse *et le* Camoëns, *et encore plus que tous ceux-là, l'illustre* Milton.

Appliquons ces réflexions au Bardo della Selva nera. *Par opposition à ce que je viens de dire du poëme épique en général, que le sujet, condition* sine quà non, *y est néanmoins de peu d'intérêt, mais que les détails et l'exécution poétique y sont tout, ici, bien au contraire, le sujet et le héros sont tout ce qui nous intéresse; et nous mettons en seconde ligne le mérite et l'exécution poétique, lorsque nous ne sommes pas satisfaits sur ce premier chef. Or, il est impossible que nous le soyions : le sujet est incomplet, et ne peut être entier et complet; le héros est vivant, occupé encore de nouveaux faits, et de qui il y en a déjà tant à célébrer, que le poëme, fût-il de cinquante chants, au lieu de six que l'on compte dans celui-ci, resterait encore bien au-dessous du nécessaire, et ne pourrait contenter tous les lecteurs, sous tous les rapports, présenter les faits connus, dire tout ce que nous savons et tout ce qui nous intéresse. En reconnaissant que cela doit être ainsi, par la nature du sujet et les circonstances, je ne puis me dispenser de dire qu'il y a quelque injustice à cette manière de critiquer M.* Monti, *et il serait fâcheux de renvoyer à deux ou trois siècles d'ici au moins, les chantres du héros de celui où nous vivons, ou de lui appliquer ces vers si naïfs de* François I.er :

Qui te pourra louer, qu'en se taisant?
Car la parole est toujours méprisée,
Quand le sujet surmonte le disant.

Pour terminer une discussion hors de ma portée, et bien au-dessus de mes moyens, je vous dirai que je suis convaincu que nous ne pouvons refuser à M. Monti, *quoique ne regardant pas son poëme du* Barde *comme un poëme épique proprement dit, les talens distingués qui constituent le poëte; il fourmille de tableaux, d'images, de descriptions qui ne sont inspirés que par le véritable génie.*

Je vous prie, Monsieur, d'agréer les assurances de mon bien sincère attachement et de ma considération très-distinguée.

LESCALLIER.

Gênes, le 28 Avril 1807.

LETTRE

De M. BERTAUD à M. l'abbé RAFAELLI.

OUI, *Monsieur*, il Bardo della selva nera *est le plus beau poëme qui ait été fait en Italie. La première fois que je vous en parlai, vous prîtes mes éloges pour l'effet de l'enthousiasme, où une première lecture m'avait jeté; vous me renvoyâtes à une seconde; je l'ai faite, et me voici encore dans les mêmes sentimens. J'ai lu tous les poëmes italiens; et depuis deux ans que je suis en Italie, je ne nourris mon esprit que de la poésie dans cette langue divine. Je n'ai lu aucun ouvrage aussi sensé, aussi profond que l'est celui-ci; aucun où il y ait plus de beautés et moins de défauts, des vues aussi grandes et de dessein mieux conduit; aucuu qui fasse autant d'honneur à l'esprit et à la langue italienne.*

D'abord, la langue poétique, dans cet

ouvrage, est élégante, rapide, harmonieuse; elle a à-la-fois du mouvement et de la chaleur; elle est par-tout animée par l'imagination la plus heureuse; elle peint bien toutes les idées que M. Monti *a choisies, et qui composent l'ensemble et les détails de son poëme; elle en forme peut-être même la partie la plus brillante et la plus riche. Son style est rapide autant que la marche de ses vers; ceux-ci ont de ces coupes variées qui sont comme les articulations de la mesure, et qui lui donnent cette souplesse dont elle a besoin pour se plier à chaque objet, et suivre tous les mouvemens des idées; art dont* Homère *et* Virgile *chez les anciens,* le Tasse *et l'*Arioste *chez les modernes, ont donné le plus parfait modèle. Non, Monsieur, la presse de l'inimitable* Bodoni *n'a jamais roulé sur un pareil livre. D'abord on le dévore, ensuite on le relit avec délices, on le reprend avec plaisir, on y revient avec goût; c'est une belle femme dont on jouit toujours avec transport, qu'on voit toujours avec plaisir, qu'on quitte toujours avec peine, qui s'embellit à mesure qu'on la contemple, et qui attache d'autant plus qu'on est plus près de s'en séparer. Presque* *tous les poëmes sont d'une longueur affreuse. Le* Barde *me paraît d'une brièveté excessive. M.* Monti, *en finissant la première partie au sixième chant, m'a causé un léger dépit; il a tant d'autres choses à dire sur notre grand Empereur! Pourquoi ne se dépêche-t-il pas? N'est-il pas sûr de mon attention?*

Agréez, Monsieur, l'assuranee de mon amitié.

J. Bertaud.

LETTRE

DE M. LAMBERT A M. AZUNI.

Mon cher ami,

C'est à vous que je suis redevable du plaisir extrême que j'ai éprouvé à la lecture du poëme du Barde, de M. Monti; *agréez-en tous mes remercimens. Je ne me bornerai point à une première et rapide lecture; je veux orner ma mémoire de quelques-uns des plus beaux passages de cet excellent poëme. J'ai cru souvent, en le parcourant, avoir sous les yeux l'Enéïde ou la Jérusalem délivrée; tout est marqué au coin du grand maître, et je ne crains point d'avancer que l'Italie, plus heureuse que la France, vient de s'enrichir d'une œuvre classique.*

Je pars de Gênes avec le plus vif regret

de n'avoir pu, sous vos auspices, faire la connaissance personnelle d'un aussi illustre poëte, à qui je vous prie de transmettre, comme un faible hommage de mon admiration, ce quatrain :

» Du plus grand des héros, quand ta sublime voix
» Chante les immortels exploits,
» Chacun dit : la nature, en prévoyante mère,
» En créant un Achille, a fait naître un Homère. »

Mais, mon cher ami, je sais que les grands écrivains ne sont flattés que des suffrages de leurs pairs, et à ce titre, votre enthousiasme pour les productions de votre illustre ami, doit le consoler des critiques des sots, et lui être un présage des honneurs que la postérité, toujours équitable, prodiguera à son nom.

Agréez l'expression des sentimens respectueux et pleins d'affection avec lesquels j'ai l'honneur d'être,

Votre très-humble et obéissannt serviteur,

J. LAMBERT.

Gênes, le 9 Avril 1807.

LETTRE

De M. BRACK, Directeur des Douanes, Membre de plusiears Sociétés savantes,

AU MÊME.

Je vous renvoie, en vous remerciant beaucoup, mon cher confrère et ami, le Barde, poëme de Monti, *que vous m'avez confié. Je l'ai lu avec toute l'avidité que peut donner le désir de connaître un homme déjà célèbre par ses productions littéraires.*

Cette dernière suffirait seule à la réputation de l'auteur. Son poëme respire la vigueur du Dante, *son style a le coloris de l'*Arioste. *Je le regarde comme un ouvrage qui va faire époque dans la vie et dans la littérature italienne.*

Vous aurez été frappé des beautés poétiques dont ce poëme est nourri. Il serait trop long de les parcourir, et vous les appréciez d'ailleurs mieux que moi. Je me plais à me rappeler tout le plaisir que m'a fait le Liv. 2, *et le* 6.e *qu'on peut lire encore après* Virgile *et le* Tasse.

Recevez, pour l'auteur votre ami, mon cher confrère, le tribut de mon admiration, et pour vous l'expression de toute ma reconnaissance.

C. Brack.

Gênes, le 18 Avril 1807.

LETTRE

LETTRE

DE M. PIERRE GUERRINI,

AU MÊME.

MONSIEUR,

J'ai l'honneur de vous faire remettre le manuscrit que vous avez bien voulu me communiquer, en réponse à la critique du poëme il Bardo della selva nera, *insérée dans le journal de l'Empire, du* 12 *Janvier dernier. Pressé par le temps que vous m'avez fixé, j'ai sacrifié le désir de relire encore une fois vos savantes observations, à celui de vous témoigner ma reconnaissance. On ne peut rien dire de plus ; mais c'est de la grosse artillerie employée contre une chétive chaumière. Il y a des critiques qui sont, dans la littérature, ce qu'étaient les* Interrompidors *dans les anciens tribunaux de Venise ; car dès que, en fait de sciences, le hasard nous donne quelque pierre précieuse, ceux-ci nous crient à toute outrance : n'y croyez pas; c'est un cul de bouteille !*

Je passe à ce critique de se plaindre du terme de papillon, dont M. Monti *s'est servi pour nous désigner l'ame ; car j'en trouve une excuse dans la pesanteur spécifique de la sienne, qui doit naturellemeut se refuser à l'idée de la légèreté du papillon. Peut-être aurait-il voulu un bœuf à la place d'un insecte ; peut-être n'admet-il pas d'ame ; car personne n'ignore qu'il y a des corps qui n'en ont point, et M. le critique en est une preuve trop évidente ; mais on ne peut lui pardonner de trouver les créations de* Monti *déplacées, très-froides, très-sèches, et on pourrait lui dire ce que le comte* Ugolino *dit à* Dante.

« E se non piangi di che pianger suoli ? »

*Il se plaint également de voir personnifiées les passions ; mais que dirait-il d'*Homère, *(s'il le connaissait), lorsque dans son Livre XIX il fait parler des chevaux ? Il en serait aussi choqué que nous le sommes d'entendre* *des ânes faire le procès à un poëme qui, par la richesse et la nouveauté des images, la variété des caractères, la rapidité, le mouvement, le feu de l'action, semble nous faire voir ce qu'il décrit; on entend le bruit des armes, on est au milieu des camps et des combats.*

Notre critique ose même dire que M. Monti *a emprunté beaucoup de choses des anciens; mais que dirait-il, à plus forte raison de* Virgile, *qui a imité* Homère *dans presque toute l'Enéïde? L'épisode de Priam avec Hélène, a été emprunté par* le Tasse; *celui du Sommeil, par l'*Arioste, *dans son XIV.ᵉ chant; et dans le XXXVIII.ᵉ, celui du serment entre Priam et Agamemnon. On ne finirait pas si l'on voulait rapporter tous les passages des grands maîtres imités par* Pope, Milton, Voltaire, Klopstock, *qui cependant font l'admiration de l'Europe et les délices des savans : pour ceux-ci, notre poëme* il Bardo della selva nera *est un chef-d'œuvre, une galerie de tableaux poétiques, où tout est grand, vrai, pathétique, naturel; et on peut dire de son auteur :* « eodem animo scribit quo Bonaparte pugnat. »

Il y aurait, Monsieur, un avis à donner à ce critique, qui serait de ne pas se mêler de littérature, puisqu'il ignore même celle de son pays, comme vous venez si savamment de lui prouver. Qu'il cesse sur-tout de traduire; car, en fait de sciences, il fera toujours des trahisons et point de traductions. Qu'il apprenne enfin quelqu'autre métier; il n'en manque point dans les faubourgs St-Antoine et St-Marceaux.

J'ai l'honneur d'être,

Monsieur,

Votre très-obéissant serviteur,

PIERRE GUERRINI.

Gênes, le 18 Avril 1807.

LETTRE

DE M. GAÉTAN MARRÈ,

AU MÊME,

En date du 18 Avil 1807.

Monsieur,

J'ai lu dans le journal de l'Empire, que vous avez bien voulu me communiquer, la critique du Barde, *de M.* Monti, *et je suis charmé que vous donniez une bonne leçon au journaliste.*

L'Italie admire les grandes beautés de ce poëme et le génie de l'auteur : est-ce par un certain esprit de nationalité ? Non ; jamais en Italie on n'a ménagé, même les génies les plus sublimes, depuis les créateurs de la langue et de la poésie italienne, jusqu'aux poëtes de nos jours.

*Il n'y a point de critiques qu'on n'ait vomi contre l'*Arioste *et* le Tasse, *cependant leur gloire est immortelle comme leurs noms.*

Ce qu'il y a d'étonnant, c'est que les reproches que le journaliste ose faire à Monti, *on pourrait les faire de même aux grands modèles de la poésie grecque et latine. On ne manque pas en Italie, certainement, de bons connaisseurs de la poésie italienne, et il n'y en a aucun pourtant qui ait trouvé dans le* Barde *les défauts relevés par le journaliste. Est-ce qu'il n'y en a d'aucune sorte dans le poëme de* Monti? *C'est ce que je n'oserai pas affirmer; mais, en tout cas, il y a tant de beautés qu'on ne saurait s'apercevoir des défauts.*

On rapporte que Voltaire, *qui avait le tact au moins aussi fin et le goût aussi délicat que les faiseurs de journaux, avait parlé, dans sa jeunesse, très-légèrement de l'*Arioste *et du* Tasse, *parce qu'il n'était pas alors* *assez familiarisé avec la langue italienne ; il devint ensuite enthousiaste de ces deux poëtes.* Boileau, *dit-il*, a dénigré le clinquant du Tasse ; mais qu'il y ait une centaine de paillettes dans une étoffe d'or, on doit le pardonner. Il y a beaucoup de pierres brutes dans le grand bâtiment de marbre élevé par Homère. Boileau le savait, le sentait, et il n'en parle pas ; il faut être juste. *Le même auteur français dit, en parlant de l'Arioste :* Il m'est arrivé plus d'une fois, après l'avoir lu tout entier, de n'avoir d'autre désir que d'en recommencer la lecture. Je n'ai jamais pu lire un seul chant de ce poëme dans nos traductions en prose.

J'espère, Monsieur, que vos réflexions savantes et judicieuses engageront le journaliste à se familiariser de plus en plus avec la langue italienne ; qu'alors il sera moins difficile ; et dans le cas qu'il trouve quelque défaut dans le poëme du Barde, *au lieu de s'y arrêter, il sera ébloui par l'harmonie délicieuse et variée des vers, par la sublimité du style, par la force, la vivacité, le charme des images et des expres-*

sions, par les élans de l'imagination du poëte, enfin, par mille beautés différentes, et d'un génie supérieur, qu'il n'a pas été jusqu'à présent en état d'apprécier et de sentir.

J'ai l'honneur d'être, etc.

GAÉTAN MARRÉ, Avocat.

www.ingramcontent.com/pod-product-compliance
Lightning Source LLC
LaVergne TN
LVHW011957160826
845678LV00002B/579

* 9 7 8 2 3 2 9 6 8 1 7 5 7 *